KB120686

맑은 밤

시작시인선 0457 맑은 밤

1판 1쇄 펴낸날 2023년 1월 2일
지은이 권덕하
펴낸이 이재무
기획위원 김춘식, 유성호, 이형권, 임지연, 홍용희
책임편집 박예솔
편집디자인 민성돈, 김지웅, 정영아
펴낸곳 (주)천년의시작
등록번호 제301-2012-033호
등록일자 2006년 1월 10일
주소 (03132) 서울시 종로구 삼일대로32길 36 운현신화타워 502호
전화 02-723-8668
팩스 02-723-8630
블로그 blog.naver.com/poemsijak
이메일 poemsijak@hanmail.net

ⓒ권덕하, 2023, printed in Seoul, Korea

ISBN 978-89-6021-689-1 04810
     978-89-6021-069-1 04810(세트)

값 10,000원

*이 책은 세종특별자치시와 세종시문화재단의 후원으로 발간되었습니다.

맑은 밤

권덕하

천년의 시작

시인의 말

살아가는 것이 살아남는 게임이라는데
얼마나 걸어야 이 어둠에 눈이 익을까

눈물 속에서도 빛나던 별자리는
어디에 있는가

맑은 밤을 간절히 바라며

나무 걸음으로 함께 걷는
길동무들의 안부를 묻는다

2022년 겨울
권덕하

차 례

시인의 말

제1부 환한 방

방

낮에는 집이 방을 안고 있는 것 같지만

밤길 걷는 사람에게는 환한 방들이 저마다 집을 품고 있
는 것처럼 보입니다

때로는 불 꺼진 방 하나가 온 우주를 캄캄하게 만들 수
도 있습니다

밤

산길 걷다가 주워서 손바닥 위에 올려놓는 밤

멀리서 날아온 기러기가 먹는 것도 밤

달여 마시면 눈이 밝아지고 속병이 낫는다는 그 밤

물옥잠이 남실거리며 늪의 기침을 가라앉히는 밤

송치가 어미 배 속에서 먹고 자라는 것도 밤

들

　구름이 또 제 그림자 끌고 온다 합류하는 우군들, 하늘
의 그늘이 일망무제다 사위가 침침하다 바늘 하나 찾는지
마른 덤불 속 촘촘하게 되작이는 빗발 너머 아득한 하늘가
는 희망 없이 번하다 한없는 가난을 언제 다 말리려고 너르
게 몸을 펴고 있는가

　검게 탄 밭둑 아래 파랗게 깔리는 발그림자들 시시각각
여생을 먹어 가는 시간을 감당하는 체구가 멀리 한 점이
다 밭 가운데서 까만 목구멍이 자신을 돌보려는지 울컥한
다 생의 구심점이 지워질 듯 가늘게 뜬 눈가에 조록조록 젖
어 든다

태엽

이사하면 벽에 괘종시계를 걸고
아버지는 시계 밥부터 챙겼다

의자 놓고 올라가
유리문 열고
시계 입에 수저 물리고

나비 날개 같은 손잡이 돌려
태엽을 오래도록 감았다

시계의 밥때를 놓치지 않는 것도
가장의 임무였을까

정각을 의젓이 울리는 종소리에
가을밤은 더 깊이 가라앉고

발갛게 물든 감잎마다
달빛이 차고 맑았다

말동무

병상에 누운 아버지가 잠결에
두 손 들어 허공을 더듬는다

누군가 반기며
은은하게 손짓말 건넨다

눈 비비고 바라보아도
아무것도 없는 곳

그 텅 빈 고요를 벗 삼아
내가 알아들을 수 없는 이야기 나눌 때

몸속으로 흘러드는
새벽 달빛 수액,

손 꽃이 피었다 진 자리마다
세월의 눈물 환히 맺혔다

달무리

내 살던 동네가 재개발된다는 소식에
다시 찾아가 골목에서 서성이네

담벼락 금 간 틈에 뿌리 내린 눈길
파랑 대문에 흘러내린 눈물 자국

돌아오리라 기다렸으니
그대로 있으리라 그리웠으니

내 살던 집 저물도록 바라볼 때
나를 알아보았나

불현듯 환해지는 창문
거기 사는 사람 남 같지 않다

분가하여 저마다 객지 떠돌다
달이 불러서 둥글게 모여 앉던 집

살던 이야기 베고 잠들었다
한밤중 깨어 올려다보던 창밖 하늘

>

수많은 눈길 길어 올리는 달이 없으면

기다림도 그리움도 정처가 없네

손금

손바닥 물끄러미 내려다보자니,

명이 길겠다고 두뇌 선 길다고 손가락 사이로 재물 선이
빠지지 않았다고 내 손바닥 오므려 받쳐 쥐고 좋아하던 날
들이 있는데

구멍 난 양말과 해진 바지 깁다 아픈 배 쓸어 주던 약손이
떠오를 때 있는데, 맨발로 땅바닥 밟고 있으면 멀미가 가신
다며 손 잡아 주던 날이 있는데

어머니 금 간 마음 바닥에 나는 신발도 벗지 않은 채 손
님처럼 서서 먼 산만 바라보았나, 마른 가슴 치던 소리, 돌
아서서 듣고만 있었나

배 속에서 옴지락거렸을 내 손만 맡겼을 뿐, 젊어서 돌아
가신 어머니 손금을 한번 제대로 본 기억이 없다

계단에서 기다리는 사람

창을 등져야
잘 보이는 풍경이 있다

창밖에서 불어오는 바람과
벽을 타는 햇살이
만난 자리에서

잠시 눈을 감는 사람
눈시울 바르르 떨릴 때
복도 계단에 주저앉아

다 잊고 잊어야
기다릴 수 있었던 날들을 기억한다

그때도 눈을 감으면
더 잘 보이는 얼굴이 있었다

진심

너와 나 사이
유리 벽에 부딪혀 떨어진
새 한 마리,

내버려 두자

사람 손 닿는 순간
심장이 멎는 새

빗속 표정들

쓰레기 더미마다 버려진 겉들
배달된 내용물을 둘러쌌던 표정들이
빗물에 젖어 조금씩 풀리고 있다
물건을 사고팔아 이득을 취한 표정도
얼굴을 빠져나가며 부담을 덜었겠지
비 오면 더 바빠지는 속도의 전장에서
빗줄기 휘모리장단 뚫고 달리는 일
두드려도 열리지 않는 문 앞에서
흐르지 않는 이야기를 팔려고
목소리 가다듬던 일
얼굴에 잠시 머물다
담배 연기에 실려 사라지는데
한때는 정표로 할 일 다 하다
이젠 버려져 비 맞는 표정에
하릴없이 눈길 두다
거울 속 제 모습과 마주친 듯
정색하는 마스크 속 얼굴

종일

방 밖에서 아무리 기다려도
상처는 열쇠를 물고 꼼짝 안 했다

숨소리에 둥근 문고리가
손목 들어갈 만큼 커지도록

문 창호지에 서린 마음이
묵은 엽서 빛깔 되도록

마루가 꺼질 듯 주저앉았던 눈길
힘겹게 일어선 뒤에도

꽃 핀 탱자나무 울 너머로 날 저물고
설핏한 어둠만 신발 신는데

티 없는 하늘가에 별 하나
젖니처럼 돋아났는데

기다리고 기다리다
마당 잔돌들 다 셀 수 있었던 하루

먼지

우리보다 늘 앞선다
구석마다 내려앉은 적막

돌아볼 무늬 없이
고르게 펼쳐진 무등

태생적 가뭄에 편차가 없다
기복이 없다

눈물 의자에 앉은 흉터도
듣기만 하는 자리

마른 가슴과 빈 주머니
극빈의 바닥에

숱한 마침표들 잇달아 모여들어
말없음표는 무한한데

누구도 벗을 수 없는
우주의 단벌옷

제2부 네가 왔다

감꽃

봄꽃 다 지고
감꽃이 핀다

모두 다 가고
네가 왔다

봄볕

봄날에 지는
나뭇잎이 있다

아스라하게 멀어지는 사람
등에 머물던
눈길처럼

툇마루에 앉아
나뭇결 하릴없이 쓰다듬다

북창에
설핏 들다
어두워지는,

그런 봄볕에 드는
눈물의 잎이 있다

춘몽

폐차장 자동차 거울을
부리로 찍는 곤줄박이

거울 속 제 짝 보고 반가워
밖으로 나오라고

나와 놀자고
다시 콕콕 쪼아 보는데

반반하지만 단단한 꿈속,

바람에 날리는 꽃잎처럼
갈팡질팡하다가

부리 끝에만 머무는 모습에
사뭇 몸 달아 더 애달픈 봄

저녁 바람

바람이 저 때문에
꽃이 진 줄 알고
꽃잎들 고이 안고 가
강물 위에 내려놓았다가

날 저물었다고
꽃잎들 앉은 잔물결
강가로 가만히 밀어 보냅니다

먼 길 다녀와 아무것도 바라지 않고
내 어깨에 기댄 이
숨소리 고르면
그것이 다인 저녁입니다

모레

여름 다한 바닷가 순비기꽃
보랏빛에 물들던 바람

그대 손가락 사이로 빠져나가던
은모래 알갱이들

발가벗고 몇 바퀴 뒹굴어도
몸에 배기는 것 하나 없었던 모래밭
다 사라진 지금

우리는 언제까지
내일 다음을
모레라고 부를 수 있을까

집터

산기슭 황지 일구다 괭이질 멈춘다
구들장들 가지런히 묻혀 있다

가풀막 쪽으로 돌들 옮겨 놓다가
풀숲에서 헝겊 인형 주워 든다

살다 간 집터라며
저문 산허리 어루만지는 잔광

뿌리 놓지 않는 감자알 보며
소름 돋고 땀 식던 일

여기서도 뒤란에 김장독 묻다
바람 부는 쪽으로 고개 들었나

종적 없는 길에 박힌 삽날 하나
그믐달 상흔처럼 떠나지 못한다

뒤란에서

태운 것을 묻으려고
구덩이를 파다 보니

과거라는 사물에게도
시간이 필요했다는 생각이 든다

사십 년 만에 돌아와
무너진 집 뒤란에서 서성이는데

알전구가 사라진 등갓처럼
바람에 매달려 흔들리는 넋두리에

물 끼얹고 재를 삽으로 떠서
구덩이 속으로 던져 넣고

캐묻던 일까지 흙으로 덮으니
허공에 물까치 날아간 무늬

태우고 묻어도 남는 것이 있다
남은 것은 내게 남이 아니다

신도시 유민

결국, 이주도 소작하듯 합니다
집은 이제 우리 집이 아니고
밭도 이제 우리 밭이 아니라서
담뱃불에 타들어 가는 고갯길
마을에 남았던 이야기들
청장목 황장목 도리지둥
성주풀이 잡숫던 지신도
불도저가 밀어냈습니다.
일련번호 칠해졌던 집들 차례로 무너져
집마다 맨바닥 드러났습니다.
감나무 살구나무 참죽나무도 뿌리 뽑힌 채 넘어져
텃새들마저 사라졌습니다.
이웃들 다 떠난 뒤 이름도 바뀌어
터무니없이 낯선 동네 자리
집 한 채만 졸지에 외딴섬 되어
불 끄지 못한 기침 소리만 남았습니다

전월산

둥근 몸들이
세월을 감는 곳

제 속에 햇살 감고
달빛도 쟁이며
둥글게 굵어 가는 나무들

산그늘은 흰 꽃잎들로 여울지며
실타래처럼 향기를 풀어내
강가에 쌓아 놓은 작은 돌탑 품는데

가슴 벅차게 굽이치며
세월 거슬러 오르는
바람길 푸른 산등에 서면

지난날 합류하는 강물에
아픔도 윤슬이 되어 눈부시다

가을꽃

상강 지난 무덤가
벌초하다 남겨 둔 자리에
꽃잎 하나 떨어트리지 않고
제 형상 그대로
정갈하게 마르는 꽃
물 끊고 버티던 꽃받침이
고이 받들던 불꽃
흰 바람결에 흔들리다
선 채로 사위어
깊어 가는 목
고개 숙여
꽃의 뿌리에 닿은 울대
연보랏빛 너머로
눈길 저문다

거울들

유리 거울만이 거울이 아닌데
거울 앞에서
자신과 유리되던 나

남들의 눈길에 길든 겉을
나라고 믿다가
못 믿을 거울이라더니

흐르는 물에 비춰 보고
거울 없는 방이 편한 이유를
알았다

넘어진 흙바닥에 비춰 보고
나를 제대로 본 적이 없음을
알았다

꽃을 피워도
거울을 찾지 않는 풀과 나무들이
가장 좋은 거울임을 뒤늦게
알았다

동지冬至

고양이가 명자나무 가지 타고 논다
제멋대로 휘어진 가지 딛고
고양이가 화사한 산당화를 희롱한다

심심한 팥죽에 새알 빚어 넣듯
명자나무에 조화 여럿 달아 놓은
한겨울 붉은 심정을 가지고 논다

눈발 선 바람 끝자락에서
명자나무는 고양이와 어울려
제가 피우지 않은 꽃을 가지고
하냥 논다

제3부 밤은 늦은 적이 없는데

손길

네 따듯한 손 잡기 전까지

내 손이 이렇게 차가운 줄 몰랐다

팔 뻗으면 닿을 곁에 있는데

없다고 찾아 헤매다

식어 버린 마음을 들켰다

밤의 고시원

물고기로 변한 사람들의 긴 지느러미가 무인 편의점 불빛을 훔친다

나울대는 혓바닥을 주목하다 말을 잃은 표정이 시시티브이에 바코드를 찍고 사라진 뒤

고장 난 집어등이 마음을 껐다 켰다 하는 길목에서 길냥이가 끌고 가던 눈길이 광고지에 머물다가

강사보다 늙은 학생은 탄알을 장전하듯 김밥을 몸속에 욱여넣는다

꽃자리를 차지한 잡념이 촉수로 더듬는 앞날은 여전히 미지수다

계단을 올라가 방에 갇히는 굽은 등의 동선만 우상향으로 가파르고

어둠의 물살을 뜬눈으로 유영해도 수족水族에겐 퇴로가 없다는데

\>

　마른장마에 먹구름 모으려는 우듬지의 염력을 우러르는
밤이다

유문

이주 노동자 푸아드 씨가 숨진 자리
기습 단속 피해 창문턱에 올라
옆 건물 옥상으로 뛰었다가 떨어진 자리에
무심히 내리는 비

무참히 깨진 꿈의 거울에
아무도 제 모습 비춰 보지 않는 저녁
금 간 거울 조각마다 흩어진 시선들
날카로운 단면이 엇갈리는 진술들
가해자는 없다고
땅속으로 말줄임표 스미는데

수습할 수 없는 신원만 남기고
있었던 곳에서 있을 곳으로 흐르는 비
아무도 읽지 않네
허공에 세로로 쓴 유문
이역의 땅바닥에
온몸으로 마침표를 찍었는데

신호등

네거리에서
질문 없는 대답처럼
너는 서 있다
규칙적으로 안색을 바꾸며

합의에 이르지 못해
무거운 발걸음 끌고 와
바뀐 불빛 앞에서
망설이는 몸짓 두고

전혀 다른 사실들을
같은 이름으로 부르듯
바쁘게 길 건너는 잰걸음 보며

바뀐 것 없어도
불빛 따라 횡단해야 하는 길에서
때를 놓친 사람처럼
너는 언제나 우두커니 서 있다

점원들

손님보다 콜보다
어제 확진자 수가 먼저 오고
입 코 가리고 주고받는 요점들

착각 착각 가파른 숨길 타며
땀인지 눈물인지 분주해도
꼬리 치지 않는 점은 쉬지 못한다

가점이 안 되는 장점을 버린 채
돈 오는 점수로 좌표에 찍히고
복화술에 허기진 인형극 생활

지상에서 지하로 일터를 옮긴 뒤
눈물점이 눈길 끌었던 사람,
새벽 흰 마스크 너머로 사라지고

가슴에 옮겨붙던 식구들 눈빛
청산하지 못한 채
생은 줄거리 몇 마디로 남는데

\>

맹점이 점점 늘어나
어두워지는 찬송가 음역에서
울음과 물음의 높이가 같아졌다

소실점

문 닫은 식당마다
의자에 의자만 앉아
먼지에 먼지만 앉아
자리를 지키는데
밤은 한 번도 늦은 적이 없다

주점이 사라진 곳에
커피색 어둠이 들어서고
점등하던 기억을
무인 판매점들이 차지하고

유리문에 제 모습 비춰 보는 걸음마다
구두점 소리 들으며
자신에게서 멀어지는 사람들
이 거리에서 누구도
소실점이 된 적 없다

결빙

유리잔이 얼었다
네가 황급히 마시다 남긴 물

떠나면서 남긴 침묵
방 안에 들여놓지 못해서

더딘 새벽 해 뜨기 전
가장 어두운 시간에

유리에 뿌리 내려
뼈아픈 문장 한 줄 새겼다

우리가 나눴던 말의 맥락이
밤새 바깥에 있었다

달방

    여기서는 드나들 때마다 머리 숙이고 숙연하리 누우면 잠결에 맨발이 문을 차고 밖으로 나갈 것 같아도 방이 곧 몸이라서

    쪽창만 번할 뿐 벽이랄 것도 없는 사이라서 잠꼬대 소리 까지 뒤섞이는 방마다 세 든 열두 명이 돌아가며 쓰는 변기 는 뚜껑 없이도 경건하고

    열두 명이 돌아가며 물 받아 쓰는 수도꼭지 하나, 최소한 의 세간들, 이제 곧 헐린다, 모두 사라진다

    방 아닌 척하는 방들이 좌우로 늘어선 새벽길을 비질하 는 노구에, 깨진 병 조각 담배꽁초 줍는 심호흡에, 속속들 이 속상했던 일들 지나갔나

    믿을 구석 하나 없이 견뎌 온 방구석을 허물어도 허물은 떠나지 않고,

    흐린 기억만 허청허청 발 끌며 서성이다, 바람에 정붙이 고 그늘에 물든 사람들

산내면 낭월리 골령골

사람들 그림자 오간 자리 응시하다
노을빛에 타 버린 눈 속으로
날아드는 것은 까마귀들뿐인가

그날의 고막과 눈동자
모두 흙이 돼 버린
환청의 여름 골짜기,

초록빛 살들 만조처럼 차오르고
총소리 비명 소리 다시 우거졌는데

풀과 나무들이 수어로 전하는가
땅속에 묻혀
뼈만 남은 진실을

인간의 봄

미얀마의 봄은 어디를 돌아와 봄인가
꽃 피는 생명들 군홧발로 짓밟은 일
침묵과 무관심의 바다을
피로 물들인 일
잊었냐고 벌써 잊었냐고
봄날 꽃밭에 무고한 시신들 팽개치는데
온갖 악행 보란 듯이
눈앞에 다시 내던지는데

봄은 누가 울어 봄인가
잘못 밟지 않아도 추락하는 길에서
한눈팔지 않아도 무너지는 곳에서
사냥개들의 아가리 피해 다니며
들숨과 날숨 사이 가위 눌림에
몸부림쳐도 깰 수 없는 악몽의 전장에서
고아는 자라 청년이 되었는데

봄은 무엇을 보라고 봄인가
권력에 취한 자들 혈안 번뜩이며
달아나는 시민들 머리와 등을 조준 사격하여

수없이 죽고 다치고 불구가 되고
수십만 난민들 강역을 떠돌지만
학살자들은 축제의 불꽃 터뜨리며 파티를 여는데

비극은 한 번도 희극으로 바뀐 적 없이
지구 곳곳에서 거듭되는데
혀 차며 빠르게 지나친 일
눈 한번 질끈 감고 입 다문 일
내일은 내 일이 되어 봄인가
만일은 만 일이 되어 다시 봄인가

거울 이야기

배고플 때 눈 감는 아이는 눈 감은 채 먹고 싶은 것 말하네

밤보다 어두운 곳을 다스리는 여왕이 눈발로 변복해 보낸 밀정처럼 아이의 눈길 따라 정전된 거리 걸어가면

먹을수록 배고프기만 한 것들만 팔리는 거울 식당 창밖에는 남의 휴대폰이 켜지는 찰나에 되살아나는 마음의 칼자국들

신의 알리바이를 위해 고용된 것처럼 감은 눈시울 스쳐도 제 발자국 남기지 않고 사라지는 행적

뒤돌아보는, 거울 속에서 아이는 언제나 벌어진 입 속의 고아여라

전선

굴착기 위 올라가 전선 움켜잡고
아래로 체중 싣고 있다
눈 감고 제 몸의 격정 다스려
바닥에 목숨 부리려는 이

몇 번 밤늦게 모임 찾아와
사람들 사이에서 길 찾다
말없이 잔 건네던 사람
눈길이 손길 지켜 따르던 정에
가을밤 잎 지며 깊어 갔는데

일천 날에 다시 일천 날이 지나도
열리지 않는 공장 문 두드리다
대신할 수 없는 두 손으로
빗장 열어젖히는데

이제 전선을 잡은 손 놓고
시 한 편 더 쓸 것이냐
사람 사이 맨바닥으로
떨어져 내릴 것이냐

제4부 사람 눈에 띄지 않는

관점

옥상에서 내려다보면
모두 네 발로 걷는다

두 발로 땅 딛고
두 손은 허공을 걷는 듯

자신을 내려다볼 수도 없으니
올려다볼 줄도 모르고

제 그림자에 달라붙는
햇살 털어 내며

한 손은 폰을 신고
한 손은 맨발로

동행

목장갑 낀 손으로 자전거와 손잡고
나란히 걸어가며 말했다

기계의 진화가 자전거에서 멈춰야 했는데

자전거는 그의 입으로 말하고
그는 자전거로 자전하며

눈발 사나운 어둠 속 헤쳐 나갔다

조식

버스 정류장 근처에서
비둘기들이 아침 들고 있다

밥 거르고 버스 놓치고
발 동동 구르는 사람들 뒤

정갈한 길바닥 식탁에
사람 눈에 띄지 않는 것 찾아

고갯짓 장단 맞춰
탁발하는 잿빛 승려들

풀씨 몇 톨에 풀빛 섞여 들고
햇살 한 모금에 하늘빛 아롱지는 몸

힘차게 날아올라
막힌 차도 가로지른다

가시박

　오이 대목으로 위장하고 이 땅에 들어와 때를 기다린 만큼 집요하다 덩굴손 마구 뻗어 나무둥치 휘감으며 우듬지까지 치고 올라가 통째로 뒤덮어 버린다 그 물살에 휩쓸리다 솟은 나뭇가지 하나 지푸라기라도 움켜쥐려 허우적거리다 잠겨 버린다 빗물 타고 천변과 강둑 사방으로 퍼져 나간다 점령군 포고문 이파리들 사방에 팔락거리며 햇빛 차단한다 잘못 건드렸다 살 속에 박힌 가시들 이내 깊이 파고들어 쓰리고 욱신거린다 다시는 얼씬하지 못한다 일당 선불받고 낮술에 취한 말벌들 오가며 눈 부라린다 식민지 치외법권 현장이다

숙주

모이면 위태롭다고 흩어져 사는 일상에서 구름도 자연스럽지 않다 너무 인위적이다 바람은 먼지를 뒤집어쓰고 잠잠하다

쓰다 버린 마스크 끈에 발목이 묶인 황조롱이는 다리 관절이 퉁퉁 부은 채 아직도 제자리를 맴돌고 있을까

마스크를 삼킨, 강아지는 병원에 가서 목숨 구하고, 마젤란펭귄은 오랫동안 굶주리다 북어처럼 말라 죽었다는데

대낮에 도심 빌딩 사이를 떼 지어 날아다니다 굶주린 박쥐들이 서로 싸우고 창틀에 앉아 죽은 박쥐를 뜯어 먹는데, 판도라 상자 연 사람들은 자신이 무슨 짓 했는지 모른다

베네치아

물에 잠긴 광장의 포석 밟는 발걸음 비틀거리다가 바람
과 물살에 실려 온 비누 거품이 골목 가득 몸서리치는 날,

되살아난 기억이 숨겨 놓았다 잃어버린 패물 같다

내 몸 내 물건 깨끗이 닦느라 날마다 주위를 더럽혔으니
달게 받겠다지만 자책으로는 감당할 수 없는 물살, 생활 수
준은 제자리인데 수면이 올라가는 것 수수방관하다,

물거품에 날아와 앉는 갈매기들도 가금이 되어 어리둥
절하다

빗

통째로 살 발라 먹고 버린 생선
배수구 창살에 빗장처럼 걸렸다

방사선 사진에 뼈만 남긴
식욕의 거푸집이 대낮에도 캄캄하다

어둠살까지 혀로 핥던 일 모르는 체하고
밤새 제 몸 비린내 닦아 내며

한때 물살 헤치던 전력으로
빗물의 울분 빗겨 주고 있다

하룻밤 새

하룻밤 새 내린 비로
바닷물이 민물로 변했네

양식장 전복들 떼죽음당했네
단 한 마리도 살지 못했네

두 손으로 바닷물 퍼 올려 마셔 보며
아무것도 살 수 없다고 고개 젓다가

수평선에 멍하니 매달렸던 눈길
그물추처럼 떨어져

모자반 숲 산호초 사라진 바닷물 속
텅 빈 사막에 가라앉네

한라솜다리

한라산 벼랑 끝에
한라솜다리 한 포기

그리운 숨결처럼
산령으로 나타났나

어디선가 산불 연기
해와 달 가렸다는데

에델바이스 노래는 불러도
제 산에 살던 솜다리 모르다가

폭우에 군락지 쓸려 나간 뒤
애타게 찾는 이

무릎 꿇고 가슴 쓸어내려도
속죄 못 할 사람들 두고

한라송이풀같이 너도 영영
이 땅을 포기하나

그 바람꽃

마지막으로 마주하면서
그것이 마지막인 줄 몰랐다

마지막으로 말 나누며
그것이 마지막인 줄 몰랐다

마지막으로 사랑하면서
그것이 마지막인 줄 몰랐다

헤어지면서 아쉬워하다
또다시 만날 수 있으리라 여겼는데

그 말과 그 사랑과 그 이별이
지금까지 마지막이 될 줄 몰랐다

쌀값

싸다고 쌀인가
쌀 거라고 정해져 쌀값인가

수입 밀가루 가격 두 배로 뛰었는데
쌀값만 내리고

지난가을도 수감할 나락들 줄 서 있다
하의 내리고 엉덩이 까는 수모 당했는데

뒷구멍으로 호박씨도 깔 줄 아는 자들
괴발개발 늘어놓는 변명 뒷전에서

시위 현장에 볼모로 잡혀 온 볏섬들
화형을 앞두고 떨고 있다

겨울나기

왼편이 사라지고 오른편만 남았다
손 시려 빈주먹에 더운 입김 불어 보는데

음지 빙판길 다 내려와 날 풀렸다고
벗어서 주머니에 여퉈 둔 가죽 장갑,

되착여 보면 손에 잡힌다 싶었는데
한쪽이 없다

떠날 때가 되었다는 생각도 하는데
무심한 손을 피해 달아났나

남은 장갑 홀로 겨울날 수 없다고
눈에 띄게 솔가지에 걸쳐 놓으니

제짝 찾아 두리번거리는 새 한 마리

내 몸 빈 둥지엔
손 곱은 날갯짓만 남았다

제5부 물가를 걷는 나무들

적벽강

저마다 제 가을로 붉으니

이 세상을 내리흐르는

혈연의 강은 얼마나 깊으랴

지난날이 좋아지도록

그이는 나보다 나를 더 잘 볼 수 있는 사람이다

한 생각에 사로잡혀 종종걸음치면, 앞서 나가며 허리와 어깨 반듯이 펴고 좌우 두 팔 흔들며 보폭 크게 하여 그림 자까지 웃기고

나이 들수록 밝게 입으라고 새 옷 사 주고, 버리지 못하는 것들 버릴 수 있도록 도와주는 사람

처마 깊은 집 그늘이 마당에 오래 머물러 볕이 설렐 때

먼 것을 그리는 눈치면 쓸쓸해하다가, 바람 쐬러 나가자며 환해지는 사람이 있다

밤은 영혼을 위해

밤이 큰 위안이 될 때가 있다 그늘이 아쉬웠던 한낮이었기에

산란하던 빛에 지친 얼굴이 잔주름 펴며 안식하는 시간

낮에 수줍었던 것들 피어날 때 미간에서 눈 뜨는 별들,

물가를 걷는 나무들은 여린 손끝으로 달빛과 어둠의 화음을 어루만지고

호수의 음반에서 불어오는 선율에 몸 맡기다 울컥하는 사람

새들이 자리를 옮기는 것 바라보며 영혼의 책도 날개를 펴는 밤이다

밤마을

혼자 집에 있다가 밤 아홉 시 넘어서 전화 받고 나가는 마음, 식당 주인이 밖에까지 나와 섣달에 꽃 본 듯 반기는데 식당 바깥도 뜻밖이 되는 늦은 시간이라서

그동안 서로 뜸했던 발걸음 탓하며 주섬주섬 취한 몸 일으키는 사람들 곁에 가 앉아 주인이 내온 술국에, 구운 만두는 김치로 속을 해서 매콤해 누구는 낙지볶음에 비빈 국수를 접시에 덜어 건네고 매운 것들 먹는 마음들 모여 나누는 이야기, 낙서 많은 바람벽처럼 듣기만 하는데

늦게라도 나온 것을 인정하던 사람이 자리에 없는 사람 욕하자 누군가 나무라고, 나무가 된 사람은 잠시 흔들리다 고개 꺾고 알아듣지 못한 사람에게 귓등으로 흘려보내라 하는데

그중에는 강바람 맞으며 함께 일한 사람, 여러 번 같이 밤을 새운 사람이 있고, 어느 가을 새벽에 호숫가 돌아오다 앞이 보이지 않아 몇 번 차를 멈추고 안절부절못했던 사람도 있는데,

>

잡곡처럼 섞인 기억이 더운밥 되었다가 식고 다시 데워 내놓은 마을에서 나는 어디론가 달아나려는 마음 내버려 두고 노처럼 젓가락 저어 보지만 그릇 안의 술만 고루 흐려질 뿐이라서

높아진 언성에 밤바람 물살이 뱃전을 치고 돛은 사뭇 펄럭이는데, 저렴한 주대라고 쓴 풍선이 마음 바깥에서 홀로 춤추고 있으니 저것도 밤늦은 시간에 끈을 잡고 있는 것인가

연鳶줄처럼 놓쳐서는 안 될 것이 있다는 듯 모두 집에서 멀리 나와 앉아 있어도 가끔 고개 들어 집 쪽 바라보는, 밤마을

비전

내가 손짓해도
이름을 불러도
손뼉을 쳐도 반응이 없다

일어나 게걸음 해도
눈 부라리다 혀를 내밀어도
텔레비전에 나오는 이들은
눈길 한번 주지 않는다

비전이라고는 텔레비전밖에 없는
가난한 마음에 복이 있다지만
벽에 간신히 붙어 있는
내 생활신조는 외경의 문구일 뿐

청와대 침실까지 관람할 수 있는 시대에
진입 금지 화살은 나를 향하고
걸어 들어갈 수 없는
별세계 딴 세상이 있다는데

나와 어울리지 않는 말들이

수돗물처럼 쏟아져

원룸을 가득 채우는데

그 물에 발끝 하나 적실 수 없다

바닥부터

땅바닥이 시작이다
바닥 뚫고 들어가
흙 속에서 자갈 헤집고
뿌리 벋어 가는 일

바닥부터 하늘이다
어쩌다 숨 돌리듯
땅 위로 솟기도 하지만
다시 바닥에 붙어
파고드는 일상

비바람에 맞서
외마디 혼잣소리 없이
비탈에서 몸 곧게 세우고
햇살에 잎들 반짝이며

우듬지 꼭대기까지 밀어 올리는
땅속 깊은 믿음
짙은 어둠마저 삼켜 버리고

별빛 사이에 꽃 피우고 열매 맺는
살림은 바닥부터다

넘어진 김에

몸이 생각보다 무거워
넘어진 곳마다 저울일 때

하릴없이 담배라도 태우며
허공에 연기를 띄울 때

날개 없이 날아올라
중력을 유유히 벗어나는 생각

꽃은 비바람에 쓰러져도
향기의 무게를 재지 않지만

담배 한 개비 저울에 달고
피우고 남은 담뱃재 달아 보는

그런 영화 한 장면 떠올리며
연기의 무게를 가늠한 적 있다

넘어진 김에 생각을 덜어
조금 가벼워 본 적이 있다

공중 목욕일

힘들어 슬픔이 밀려오면
침례 하듯 그 물살에 온몸 푹 담갔다
묵은 때를 밀어내는 날이다

발가벗고 머리 감고 나서
땀방울과 함께 마른 순간들
더운물에 불려

손등부터 발끝까지
뉘우치듯 죄다 씻어 내다가
몸에 쌓인 것 많아 부끄러울 때

상처 아문 자리에 멎은 손길이
궂은일 되돌아보다
멋쩍을 때

찬물 한 대야 가득 퍼서
눈 딱 감고 정수리부터
물세례 받는 날이다

나들이

내가 생각하는 나와
네가 생각하는 나와
사람들이 생각하는 나랑

모두 모인 나들이

내가 기억하는 나와
네가 기억하는 나와
사람들이 기억하는 나랑

모두 모인 과거가

사람들이 고집하던 나와
네가 고집하던 나와
내가 고집하던 나랑

모두 모인 가계가

사람들로부터 돌아온 나와
너로부터 돌아온 나와

나로부터 돌아온 나랑

모두 모인 나들이

껌

울고 있는데 앞자리에 앉아 있던 어른이 껌을 하나 입에 넣어 주더라고

그래서 껌을 씹다 보니 단물이 다 빠질 때쯤 눈물이 멎더라고

열차 창밖 저무는 들판엔 눈이 제법 쌓였는데 몸과 마음이 윗목 물그릇처럼 겉돌기만 하던 겨울이라서

걸을 수 없을 만큼 걸어와서 묵은, 낯선 방 바람벽에 희미하게 남은 껌 자국 바라보며 지난 일을 염소처럼 우물거리다 보니

그때 내 입 속에 있던 것이 껌이 아니라 끔이라고, 그것이 마른 가슴에 일던 잔불을 끈 것이라고 고개 끄덕여지더군

비밀

고백하건대 너는 나의 비밀이라서 너에겐 바람이 자주 불고 바람의 뒷모습에 눈이 가고 마음 갈피에 끼워 둔 문장이 나뭇잎처럼 물드는 거야

그림자 반납하러 가는 사람들 발길 어두워진 창문으로 음악처럼 흘러드는 은밀한 눈빛에 잠시 출혈 멎은 상처들이 시간의 거미줄에 걸린 날개들 덧대고

네게 맡긴 비밀이 늘어갈수록 외로워지고 외로울수록 함께 살 수 없는 비밀은 물에 잠기기도 하지만

물속으로 난 계단을 걸어 내려가면 주어를 잃은 술어들이 수초처럼 흔들리는 곳에서 비밀의 저음에 두근거리는 가슴도 있어 수장고 지키는 외등은 불빛 낮추고 열쇠 물고 올 물고기를 기다리는데

다른 비밀들은 누설의 길로 여행 떠나 돌아오지 않지 네게서 다른 비밀들이 모두 사라져도 너는 여전히 내겐 비밀로 남아 있을 거야

인연

연줄을 감았다 푼다
밤새 사렸던 생각의 타래도
그날의 물안개처럼 풀린다

내 손길 따라
바람 속에서 몸 가누는
너와의 인연

눈길 가닿는 곳마다
머무는 것이
속 깊이 감춰 둔 정뿐이랴

연을 얼려 나가며
살줄치는 걸음마다
발꿈치부터 트이는 길

해 설

본다는 것의 의미
—권덕하 시집 『맑은 밤』 읽기

오민석(문학평론가, 단국대 교수)

1

존 버거(J. Berger)의 말마따나 "보는 것이 언어에 앞선
다". 우리는 표현하기 전에 먼저 본다. 계속 버거의 말을 따
르면, "우리는 보는 것만큼만 볼 수 있으며, 이런 점에서 본
다는 것은 선택의 행위이다"(존 버거, 『다른 방식으로 보기』). 선
택의 이면은 배제이다. 따라서 본다는 것은 대상의 어떤 부
분을 버리고 동시에 다른 부분을 선택하는 것이다. 선택과
배제는 주체의 관점에 의해 결정된다. 그러므로 주체가 '본
것'을 보면 거꾸로 주체의 관점을 알 수 있다. 권덕하는 이
시집의 여러 곳에서 '보는 것'의 의미를 곱씹는다. 그는 보
는 자신을 보는, 보는 행위가 무엇인지 다시 보는, 겹시각
을 가지고 있다.

낮에는 집이 방을 안고 있는 것 같지만

밤길 걷는 사람에게는 환한 방들이 저마다 집을 품고 있
는 것처럼 보입니다

때로는 불 꺼진 방 하나가 온 우주를 캄캄하게 만들 수
도 있습니다

—「방」전문

　똑같은 방들을 바라보는 두 개의 시각이 있다. 하나는 낮
의 시각이고 다른 것은 밤의 시각이다. 낮에 볼 때, 집이
방을 안고 있는 것처럼 보인다. 방은 집의 부속품이다. 그
러나 "밤길 걷는 사람에게는" "환한 방들"이 전경화되며 커
질 대로 커져서 마치 방들이 "집을 품고 있는 것처럼" 보인
다. 그런데 시인은 환한 방들이 아니라 "불 꺼진 방 하나"
의 어둠에 주목한다. 환한 방들 사이의 어두운 방이 두드러
질 리 없으므로, 그것을 눈에 띄게 하는 것은 시인의 시선
이다. 시인은 남들이 보지 않는 것을 끄집어내고 감추어진
것을 드러낸다. 시인에게 중요한 것은 환한 방들이 아니라
불이 꺼져 "온 우주를 캄캄하게 만들 수도" 있는 하나의 방
이다. 눈에 띄는 여러 개의 방이 아니라 "불 꺼진 방 하나"
가 온 우주를 캄캄하게 만들 수 있다는 시선은 얼마나 고마
운가. 길도 없고 미래도 없는("불 꺼진") 시각이 존재한다면,
그것이 단 한 개의 시선일지라도 그것에게 온 우주는 절망

그 자체 외에 아무것도 아니다. 그러므로 보는 주체의 수만
큼이나 다양한 우주가 존재한다. 우주의 의미는 '보는 것'에
의해 결정된다.

옥상에서 내려다보면
모두 네 발로 걷는다

두 발로 땅 딛고
두 손은 허공을 걷는 듯

자신을 내려다볼 수도 없으니
올려다볼 줄도 모르고

제 그림자에 달라붙는
햇살 털어 내며

한 손은 폰을 신고
한 손은 맨발로

—「관점」 전문

"관점"은 '보는' 주체의 입장이다. 주체의 보는 행위로 세
계가 해석된다. 해석된 세계는 적어도 해석 주체에겐 해석
물이 아니라 팩트로 다가온다. 주체가 해석의 주관적 과정
을 인지하지 못하기 때문이다. 해석의 주관성은 보는 것을

다시 보는 (비판적) 거리에 의해서만 인지된다. 보는 것에
의해 모든 지식이 결정되므로 본다는 것은 문자 그대로 얼
마나 무시무시한 일인가. 우리가 사물을 보는 순간에 지식
과 지각의 모든 것이 끝장나므로, 보는 행위의 중요성은 얼
마나 압도적인가. 그래서 존 버거는 조각가 쟈코메티(A. Gi-
acometti)의 작업에 대해 "본다는 행위가 그에게는 일종의 기
도와 같은 것"(『본다는 것의 의미』)이라고 했다. 권덕하 시인은
보는 것을 다시 봄으로써 보는 것의 의미를 확인한다. 그는
보는 것과 비판적 거리를 확보함으로써 보는 것의 주관성을
읽어 낸다. "관점"은 직립보행의 인간을 얼마든지 "네 발로
걷는" 짐승으로 만든다. 보는 것을 제대로 해내지 못할 때,
주체는 "자신을 내려다볼 수도" "올려다볼 줄도" 모른다.
'보는 것'은 주체를 무지나 왜곡의 도사로 만들 수도 있고 진
리의 전도사로 만들 수도 있다.

　　　창을 등져야
　　　잘 보이는 풍경이 있다

　　　창밖에서 불어오는 바람과
　　　벽을 타는 햇살이
　　　만난 자리에서

　　　잠시 눈을 감는 사람
　　　눈시울 바르르 떨릴 때

복도 계단에 주저앉아

다 잊고 잊어야
기다릴 수 있었던 날들을 기억한다
　　　　　　　　—「계단에서 기다리는 사람」 부분

　시인은 대상을 '잘 보려면' 안이 아니라 바깥을 보라고 조
언한다. 계단에 앉아 "창을 등져야" 비로소 "보이는 풍경"이
있다는 것이다. 시인은 이런 식으로 '보는 방법들' 을 궁구
한다. 사건의 내부가 아니라 먼 외부로 볼 때만 보이는 것,
"다 잊고 잊어야" 비로소 "기억"이 가능한 것들이 있을 때,
주체는 대상을 등지고 먼 풍경을 향해야 한다. 그러므로 사
물의 파사드facade는 사물의 전부가 아니다. 사물의 진실은
사물의 앞만이 아니라 사물의 옆과 뒤, 그리고 위에도 있을
수 있다. 시선은 사물의 다양한 각도를 자유자재로 후비고
긁음으로써 사물을 관통한다. 그리고 이런 앎은 오로지 '보
는 것의 의미'를 아는 자에게만 주어진다.

2

　본다는 것의 의미를 궁구하는 시인에게 가장 중요한 '보
기(to see)'는 무엇일까? 그것은 보는 주체인 나를 다시 보는
것이다. 자신에 대한 성찰 없이 세계에 대한 바른 인식은

보장되지 않는다. 이 시집의 여러 곳에 '거울' 이미지가 나오는 것은 이와 같은 자기 보기, 즉 자아 성찰의 결과이다.

배고플 때 눈 감는 아이는 눈 감은 채 먹고 싶은 것 말하네

밤보다 어두운 곳을 다스리는 여왕이 눈발로 변복해 보낸 밀정처럼 아이의 눈길 따라 정전된 거리 걸어가면

먹을수록 배고프기만 한 것들만 팔리는 거울 식당 창밖에는 남의 휴대폰이 켜지는 찰나에 되살아나는 마음의 칼자국들

—「거울 이야기」 부분

이 작품은 한편으로는 배고픈 아이의 고난에 대한 깊은 통감을 드러내면서 다른 한 편으로는 '보기'의 가장 일반적인 방정식을 설명하고 있다. 보기의 절실한 주관성은 결핍으로부터 온다. 니체의 말대로 주체는 자신의 욕구와 욕망을 대상에 투여하고 자신이 투여한 의미를 대상에서 읽어낸다. 이를 버거의 말로 다시 바꾸면, 주체는 "보는 것만큼만 본다". 배고픈 아이는 대상을 볼 때 "눈 감은 채 먹고 싶은 것"을 말한다. 아이는 배가 고프므로 "먹고 싶은 것" 외에 다른 것을 보지 않는다. '보기'는 선택이면서 동시에 배제이므로, '보기'는 때로 '보지 않기'의 다른 이름이다. "먹

을수록 배고프기만 한 것들만 팔리는 거울 식당"은 욕망의
자성학自省學을 적나라하게 보여 준다. 결핍은 욕구를 낳고
욕구는 욕망을 낳는다. 충족되는 욕망이란 없다. "먹을수
록 배고프기만 한 것"이야말로 굶주림의 방정식이다. "거
울 식당"은 이렇게 주체가 자신을 들여다보는 욕망의 공간
이다. 시인은 '보기'의 이런 방식을 들여다봄으로써 가난(결
핍)을 사회학적인 차원만이 아니라 욕망의 차원에서 동시
에 설명한다.

　　폐차장 자동차 거울을
　　부리로 찍는 곤줄박이

　　거울 속 제 짝 보고 반가워
　　밖으로 나오라고

　　나와 놀자고
　　다시 콕콕 쪼아 보는데

　　반반하지만 단단한 꿈속,

　　바람에 날리는 꽃잎처럼
　　갈팡질팡하다가

　　부리 끝에만 머무는 모습에

사뭇 몸 달아 더 애달픈 봄

　　　　　　　　　　　　　—「춘몽」 전문

　라캉이 상상계를 거울상 단계(mirror phase)라 부르는 이
유가 있다. 상상계에서 주체와 대상 사이엔 어떤 분열도 없
다. 주체는 자신이 보는 것(대상)과 자신을 구분하지 않는
다. 폐차장의 자동차 거울 속을 들여다보는 곤줄박이는 거
울 속의 자신(거울상)을 실제의 자신과 동일시한다. 곤줄박
이는 거울 속에서 하나의 완성된 형태(gestalt)를 가진 자기
의 모습을 본다. 거울에 비친 자기의 모습을 보고 기뻐하
는 아이처럼 곤줄박이는 "거울 속 제 짝 보고 반가워" 그것
과의 물리적 접속을 원한다. 그러나 이 모든 것은 오인(mis-
recognition)이므로 실물의 주체와 거울상 주체는 서로 만날
수 없다. 그러므로 곤줄박이의 '보기'는 사실상 "춘몽"에 불
과하다. '춘몽'은 모든 자기 성찰의 예에서 발견될 수 있다.

　　　유리 거울만이 거울이 아닌데
　　　거울 앞에서
　　　자신과 유리되던 나

　　　남들의 눈길에 길든 겉을
　　　나라고 믿다가
　　　못 믿을 거울이라더니

98

흐르는 물에 비춰 보고
거울 없는 방이 편한 이유를
알았다

넘어진 흙바닥에 비춰 보고
나를 제대로 본 적이 없음을
알았다

꽃을 피워도
거울을 찾지 않는 풀과 나무들이
가장 좋은 거울임을 뒤늦게
알았다

—「거울들」전문

이 작품은 '자기 보기'의 더욱 복잡한 풍경을 보여 준다. 상상계에서 주체가 자신을 들여다볼 때 주체는 오로지 자신의 시각으로 타자(대상)를 자신과 동일시한다. 이 완벽한 합일이 거울상 단계로서의 상상계의 "춘몽"이고 '오인'이다. 주체가 상상계를 거쳐 상징계로 진입하면 주체의 헛꿈은 산산조각이 난다. 주체는 드디어 자기 분열을 겪고, 주체와 세계 사이에도 분열이 일어난다. 주체는 이제 자기의 시각으로 자신을 들여다보지 못한다. 주체는 대타자인 대문자 아버지의 시각으로 자신을 검열한다. "남들의 눈길에 길든 걸을/ 나라고 믿"는 것은 주체의 시선에 대문자 아버지의 법칙(Father's Law)이 개입하기 때문이다. 시인은 사회적 통념과 외부로부터 주어진 시선으로 자신을 들여다보는 일의 허위를 안다. "나를 제대로 본 적이 없"다는 고백은 타자의 시선으로 자신을 들여다보는 일의 덧없음을 지시한다.

3

본다는 것의 복잡한 의미에 대한 궁구窮究를 거쳐 시인이 도달하는 지점은 다음과 같다. 시인은 상상계적 보기와 상징계적 보기 모두를 비스듬히 지양한다. 상상계의 오인과 상징계의 검열을 온전히 피할 수는 없다. 제대로 보기 위해서 주체가 상상계와 상징계의 대척점에 설 수 없으므로(상상계와 상징계는 주체의 살아 있는 조건이므로) 그것들에 빗금을 그으면서 비대칭적으로 그것에서 벗어나는 수밖에 없다. 시인은 선택과 배제라는 보기의 탄력적 기능을 극대화하면서 상상계의 오인과 상징계의 억압을 동시에 회피하고자 한다. 보는 것의 힘은 선택과 배열의 능동성에 있다. 그리고 시인의 이 적극적 보기의 앵글은 앞에서 분석했듯이 풍요와 만족의 환한 빛이 아니라 "불 꺼진 방"의 어둠을 향해 있다. 이 시집의 3부에서 시인이 집중적으로 들여다보는 밤의 고시원, 골령골의 민간인 학살, 미얀마의 비극, 농민 시위 등의 풍경은 시인이 '보기'로 선택한 결핍의 공간들이다. 시인은 이 궁핍의 공간들을 상상계적 헛꿈을 지워 내고 상징계적 검열을 피해 읽어 내고자 한다.

> 그날의 고막과 눈동자
> 모두 흙이 돼 버린
> 환청의 여름 골짜기,
>
> 초록빛 살들 만조처럼 차오르고
> 총소리 비명 소리 다시 우거졌는데
>
> 풀과 나무들이 수어로 전하는가
> 땅속에 묻혀
> 뼈만 남은 진실을
>
> —「산내면 낭월리 골령골」 부분

현재 대전시 동구 낭월동 일대인 골령골은 한국 전쟁 발발 직후인 1950년 6월 말부터 7월 20일 사이에 좌익 혐의를 받은 사람들 5,000~8,000명이 국군 헌병대와 경찰에 의해 무참히 학살당한 곳이다. 시인은 거창, 제주, 여수 등 다른 지역의 양민 학살 사건에 비해 상대적으로 덜 알려진 골령골 학살 사건을 '보기'로 선택한다. 무엇을 보기로 선택하는가가 주체의 주체성(subjectivity)을 형성하므로, 이는 그가 사회·역사적 현실에 대한 인식을 시의 중요한 본령으로 상정하고 있음을 알게 해 준다. 그는 주관성과 대타자의 검열을 거부하며 민간 학살의 역사적 현장을 들여다본다. 죽

은 자들의 살들과 그날의 "총소리 비명 소리"가 한여름 초
록빛으로 "만조처럼 차오르고" "우거졌"다는 표현은 상상계
의 꿈과 상징계의 왜곡에서 해방된 건강하고도 생생한 시적
'보기'의 좋은 예이다.

> 봄은 무엇을 보라고 봄인가
> 권력에 취한 자들 혈안 번뜩이며
> 달아나는 시민들 머리와 등을 조준 사격하여
> 수없이 죽고 다치고 불구가 되고
> 수십만 난민들 강역을 떠돌지만
> 학살자들은 축제의 불꽃 터뜨리며 파티를 여는데
>
> 비극은 한 번도 희극으로 바뀐 적 없이
> 지구 곳곳에서 거듭되는데
> 혀 차며 빠르게 지나친 일
> 눈 한번 질끈 감고 입 다문 일
> 내일은 내 일이 되어 봄인가
> 만일은 만 일이 되어 다시 봄인가
>
> ─「인간의 봄」 부분

미얀마 사태를 그린 이 작품에서 "봄"의 기의는 양가적이
다. 그것은 계절을 의미하기도 하고 동시에 '본다는 것'을 뜻
하기도 한다. 시인은 미얀마의 끔찍한 현실이 계절로서의
봄과 본다는 것의 의미를 모두 파열시킴을 주창하고 있다.

극단적이고도 비극적인 현실은 모든 긍정적인 기의들을 무화한다. 지울 수 없는 비극 앞에 그 어느 기표도, 기의도 설 자리가 없다. "내일은 내 일이 되어 봄인가/ 만일은 만 일이 되어 다시 봄인가"라는 진술은 끔찍한 현실 앞에서 유희의 수준으로 전락한 기호의 세계에 대한 풍자적 야유이다.

그이는 나보다 나를 더 잘 볼 수 있는 사람이다

한 생각에 사로잡혀 종종걸음치면, 앞서 나가며 허리와 어깨 반듯이 펴고 좌우 두 팔 흔들며 보폭 크게 하여 그림자까지 웃기고

나이 들수록 밝게 입으라고 새 옷 사 주고, 버리지 못하는 것들 버릴 수 있도록 도와주는 사람

처마 깊은 집 그늘이 마당에 오래 머물러 볕이 설렐 때

먼 것을 그리는 눈치면 쓸쓸해하다가, 바람 쐬러 나가자며 환해지는 사람이 있다
                              —「지난날이 좋아지도록」 전문

지금까지 살펴본 것처럼 권덕하 시인의 시선은 늘 궁핍한 세계를 향해 있다. 결핍의 현실이야말로 주관성과 시스템의 억압을 넘어서서 시인이 바라보는 세계이다. 그런 눈

길은 주관적 시선과 통념의 한계를 넘어선다. 이 작품은 주관성과 시스템 넘어, 그리고 사회·역사적 현실 너머 시인의 눈길이 궁극적으로 가닿는 것이 무엇인지 보여 준다. "나보다 나를 더 잘 볼 수 있는 사람"은 나보다 나를 더 사랑하는 사람이다. 사랑은 한계를 넘어설 수 있게 해 주는 무한 잠재성의 에너지이다. 그것이 시선을 넘어 무엇을 성취할지 감히 아무도 모른다. 그런 사랑은 오로지 주체보다 주체를 더 잘 알며 배려하는 타자에게서 온다. 이런 사랑이야말로 시인의 '본다는 것'의 의미가 마지막으로 머무는 곳이다.